# LE FILS

## DE L'HOMME

PAR

## J.-B. CLAVERIE.

AGEN.

IMPRIMERIE J. QUILLOT, COURS PLATEFORME ET RUE St-MARTIAL, 1

1869.

# LE FILS DE L'HOMME.

# LE FILS

# DE L'HOMME

PAR

## J.-B. CLAVERIE.

# PRÉFACE.

—

La poésie a fait, dès notre enfance, nos plus chères délices, bien que nous n'ayons eu que peu de loisirs à lui consacrer, car notre vie s'est toujours écoulée dans les rudes labeurs d'un travail quotidien, et bien des fois dans les angoisses de la pauvreté. Dieu soit loué ! nous ne voudrions pas, à cette heure, avoir vécu différemment. Quelles leçons ne donne pas l'adversité !

Il y a huit années que nous avons conçu l'idée d'un poëme immense, que nous nous proposons de diviser en trois parties, qui comprendront : la première, depuis la création des Anges jusqu'à la sortie de l'Arche ; la seconde, depuis la sortie de l'Arche jusqu'à la naissance de Jésus-Christ, et la troisième, depuis la naissance de Jésus-Christ jusqu'à la fin des temps.

Cette œuvre gigantesque a longtemps effrayé notre imagination, mais, fort du secours divin, nous l'avons courageusement entreprise, et nous espérons la mener à bonne fin.

Le poète, a dit Auguste-Guillaume Schlegel, sent voltiger autour de son esprit les ombres de ses futurs chants, jusqu'à ce qu'il parvienne à les saisir et à leur donner une forme : pour nous, nous voyons celles des nôtres, et nous sommes frappé de leur grandeur !

Nous donnons aujourd'hui le Second Chant ;

s'il est favorablement accueilli, nous en publierons successivement plusieurs autres. Quand viendra l'œuvre entière? Dieu le sait! mais dans ce siècle perverti, dans cette société défaillante et qui tombe en ruine, dans ces temps malheureux où les mauvaises doctrines semblent prévaloir, où le souffle de l'impiété acquiert chaque jour plus d'intensité, où le Christ, le Christ! ô douleur! voit la main de ses enfants s'efforcer de détacher de son front auguste les rayons de la divinité, nous en appelons à ces créatures d'élite, à ces âmes aimantes, à ces cœurs nobles et généreux, dont les genoux fléchissent devant l'Hostie Sainte, et nous les supplions d'implorer le Tout-Puissant, pour nous, pauvre pécheur, afin qu'il daigne nous accorder les grâces ineffables dont nous avons besoin pour accomplir notre œuvre et porter notre croix.

Puch, le 29 novembre 1869.

# INITIATION.

—

Le Poète, digne de ce nom, est l'homme par excellence : c'est de lui que l'on peut dire en toute vérité, qu'il a été créé à l'image et à la ressemblance de Dieu. Comme Celui qui est, si nous pouvons nous servir d'une semblable expression à l'égard d'une créature du Très-Haut, le Poète est, lui aussi! il se rapporte admirablement au mystère de l'adorable Trinité.

2

Il y a en Dieu trois personnes bien distinctes :
le Père, le Fils et l'Esprit-saint; le Poète est aussi
formé de trois personnes également bien distinctes :
le Père d'abord, c'est-à-dire lui-même, le Fils en-
suite, c'est-à-dire l'Œuvre, et l'Esprit-saint, c'est-
à-dire ce quelque chose que nous nommons Inspiration. Les rapports du Père avec l'Esprit-saint
engendrent le Fils : l'Œuvre naît de ceux du Poète
avec l'Inspiration.

Comme dans la triade mystérieuse, les trois
personnes du Poète, procédant l'une de l'autre,
s'aiment et se ressemblent avec une égale perfec-
tion. Aucune d'elles ne saurait exister séparément.
Nul mortel ne peut arriver à la connaissance du
Père ni de l'Esprit-saint, s'il ne possède la connaissance du Fils : nul ne connaîtra jamais le Poète ni
l'Inspiration, s'il ne possède l'Œuvre. Il a été donné
au Fils de faire adorer et bénir le Père et l'Esprit-
saint qui l'ont engendré : il a été donné à l'Œuvre

de faire aimer et chérir le Poète et l'Inspiration qui l'ont produite. Le Fils, de toute éternité, s'est offert en holocauste à son Père : de toute éternité, l'Œuvre, à la mission divine, a demandé à paraître : le Poète l'a toujours portée dans son sein : or, le Poète est éternel, car, de toute éternité, il a occupé la pensée de Dieu.

Le Père et l'Esprit-saint acceptent le sacrifice du Fils : le Poète et l'Inspiration acceptent le sacrifice de l'Œuvre.

Quelle douleur pour le Père et l'Esprit-saint lorsque le Fils, cloué sur un gibet infâme, s'offre, disons-le, dans toute sa nudité, à la vue de ses persécuteurs ! Quelles angoisses pour le Poète et l'Inspiration lorsque l'Œuvre se dévoile tout entière à des regards profanes et des cœurs corrompus, vautours impitoyables ! Quel déchirement ! Oh ! elle aussi avait eu son heure, croyez-le bien, au Jardin des Oliviers ! Le Fils meurt,... mais, s'affranchissant du tombeau, il apparaît dans toute sa gloire : l'Œuvre peut mourir!... mais, toute resplendissante d'immortalité, elle se dégage enfin des étreintes de l'Envie. Le Père et l'Esprit-saint recueillent avec soin, dans les lacs du Ciel, les larmes de repentir, d'amour et d'admiration que le Fils sait arracher aux enfants des hommes : le Poète et l'Inspiration, abrités dans le sein de Dieu, leur principe, grossissent des larmes que l'Œuvre fait répandre sur la terre, ces ondes régénératrices qui, rougies du sang d'un Dieu, doivent purifier toute souillure. Toutes les générations viennent se prosterner au tombeau du Fils : elles s'agenouillent sur celui que garde une Figure éternellement jeune et véritablement belle.

# CHANT II.

# ARGUMENT.

Dieu; ses éternels desseins. — Le Fils, de toute éternité, s'est offert pour satisfaire à la justice de son Père. — Création des Anges; leurs emplois divers. — Dans leur bonheur ils doivent être éprouvés. — Epreuve. — Rébellion. — Scission dans la cour céleste. — Condamnation des Anges rebelles. — Récompense des bons Anges; ils sont confirmés en grâce.

Puissant Dieu de lumière,
Qui peut te définir ;
Très-Haut, cause première
Qui ne dois point finir :

Que l'éternité nomme,
Reconnaît pour son Dieu ?
Est-ce un mortel, un homme,
Hôte de ce bas lieu ?

Oh, non! glorieux Anges,

Vous brûlants Séraphins,

Vous Trônes, vous Archanges,

Echappés de ses mains :


Créatures puissantes,

Le pourrons-nous jamais?

Il est!... Reconnaissantes,

Loüons ce Dieu de paix.


Puissant Dieu de lumière,

Qui peut te définir;

Très-Haut, cause première,

Qui ne dois point finir :


Que l'éternité nomme

Et proclame en tous lieux?

Est-ce un mortel, un homme,

Un habitant des Cieux?

Nul ne pourra jamais, puissant Dieu de lumière,

Roi des cieux, de la terre et de tout l'univers,!

Dire tes attributs, Très-Haut, cause première;

Mais nous, ton serviteur, nous dirons dans nos vers :

De toute éternité l'éternelle pensée,

Le Dieu puissant et fort nous créa de ses mains,

Vous, Chœurs brillants des Cieux! vous dont s'est éclipsée,

Hélas! toute la gloire!... et nous, pauvres humains!...

Nous dirons que le Fils, en tout semblable au Père,

Infini, tout-puissant, éternel, trois fois saint,

De toute éternité s'unit à la matière,

De nous diviniser toujours eut le dessein :

Et qu'il voulut mourir d'un infâme supplice !

Que, caché sous un pain, il vint s'unir à nous ;

Renouvelant ainsi ce divin sacrifice,

Qui devait de son Père apaiser le courroux :

Car, unis à Jésus, oh ! nous pouvons sans crainte,

Au sortir du banquet, en face de l'autel,

Nous écrier : Chrétiens, notre âme est trois fois sainte !

Nous sommes, nous aussi, les fils de l'Immortel !

Or Dieu, dans sa splendeur et sa toute-puissance,

Voulant s'environner de joie et de bonhenr,

Résolut de peupler la solitude immense,

En se donnant enfin le nom de Créateur:

De toute éternité, c'était chose prédite :

Ecoutez!... Paraissez, esprits beaux et puissants!...

A peine, du Très-Haut, cette parole est dite,

Ils sont!... heureux et forts, et tout éblouissants!

Les voyez-vous!... Nombrez s'il se peut leurs phalanges!

Oh! les sables des mers renferment moins de grains!

Nous distinguons d'abord ceux qui sous le nom d'Anges,

De toute éternité partagent nos destins:

Ils sont unis à nous et nous suivent sans cesse;

Toujours à nos côtés, invisibles témoins,

Et des jours de bonheur et des jours de tristesse,

Mortels, faibles humains, reconnaissons leurs soins !

Car ils guident nos pas et parlent à notre âme,

Un langage divin, harmonieux et doux:

Reconnaissons leurs voix, leurs paroles de flamme,

Quand la tentation ose approcher de nous.

Beaux anges, purs esprits, natures immortelles,

Oh! ne soyons jamais rebelles à vos vœux!

Ne vous forçons jamais à voiler de vos ailes,

Et vos yeux éclatants et vos fronts radieux!

Ne vous forçons jamais à voiler votre face!

Que toujours vos regards puissent lire en nos yeux,

Jusqu'à ce jour heureux, où, suivant votre trace,

Nous irons avec vous pour régner dans les Cieux!

Quand notre destinée ici-bas se commence,

Beaux anges vous veillez penchés sur nos berceaux...

Et puis, vous nous suivez... l'Eternité s'avance...

Elle se tient debout au seuil de nos tombeaux!

Que vous êtes heureux quand vous placez une âme

Dans le sein de ce Dieu qui vous la confia :

Dans le sein de ce Dieu que l'Univers proclame,

Que cette âme toujours, par vous, glorifia!

Tout habitant des Cieux alors vous environne,

Caresse du regard vos deux ailes de feu,

Contemple avec amour l'immortelle couronne,

Que sur vos fronts brillants pose la main de Dieu.

Mais ceux qui moins heureux reviennent, la main vide,

Aux pieds de l'Eternel fléchissent en disant:

Pardonne, ô Dieu Très-Haut, pardonne un déicide,

Car pour lui, tu le sais, ton Fils versa son sang!

Tout habitant des Cieux aussi les environne,

Contemple avec amour et leurs ailes de feu,

Et leur sainte douleur... l'immortelle couronne,

Qu'aux anges éplorés donne la main de Dieu.

Puis, et bien au-dessus, se trouvent les Archanges,
Ceux-là sont tout-puissants dans la céleste Cour:
Ils marchent dans l'éclat... commanderont aux Anges,
Et des Cieux, des Enfers, du terrestre séjour.
Suivent les Chérubins... puissances éternelles,
Il leur est réservé de glorieuses fins!...
Ils ont toute science et Dieu va sur leurs ailes!
Que dirons-nous de vous, ô brûlants Séraphins?
Vous êtes tout amour et c'est là votre gloire!
Vous aimez d'un amour et généreux et saint!
D'un amour éternel! oh, donnez-nous de croire
Que nous saurons aimer de cet amour sans fin!

Vous Dominations, vous Trônes et Puissances,

De quels chaînons brillants venez-vous agrandir

Et ces Chœurs infinis et ces Cercles immenses,

Où notre oreille entend « Jéhovah !!! » retentir !

C'est la première fois que la reconnaissance

Elève ses accents et dit le nom de Dieu,

Dans cette hymne sans fin qui toujours recommence,

Et que nous, ô mortels, chantons dans le saint lieu !

**Gloria in excelsis Deo!!!**

Pour la première fois le Très-Haut s'environne,

D'êtres puissants et beaux accourus à sa voix;

Ayant sur leurs fronts purs une triple couronne,

Qui frappe ses regards pour la première fois.

Dites l'hymne d'amour! oh, dites-la sans cesse!...

Qu'elle éclate toujours en sons mélodieux!

Reprenez constamment et vos chants d'allégresse,

Et vos « Alleluia!!! », saints habitants des Cieux!

Vous partagez de Dieu l'éternelle puissance:

Il vous a revêtus de force et de splendeur!

Il vous nomme ses fils!... quelle reconnaissance

Serait jamais assez pour votre Créateur!

Mais Dieu vous a connus!!! s'il est juste et sévère,
Il est infiniment miséricordieux :
Il sera pour vous tous toujours un tendre père,
Vous qui devez cesser d'être les bienheureux!
Car son Fils de tous temps racheta les parjures...
Son Fils, son bien-aimé dont le nom est si doux!
Il l'aperçoit mourant!... il sonde ses blessures!...
Il voit couler son sang qui ruisselle pour vous!
Pourquoi donc, ô Très-Haut, ce divin sacrifice?
Par les pleurs et le sang toujours glorifié,
Vous complaisez-vous donc à l'infâme supplice,
Aux soupirs, aux douleurs d'un Fils crucifié?

Ecoutez!... Dieu seul est!... et toute créature,

Qu'il voulut animer de son souffle divin,

Doit être infiniment et plus belle et plus pure,

Que dans les premiers Cieux fut un doux Séraphin;

Etre enfin trois fois sainte, et mieux divinisée!

L'eut-elle été jamais sans le divin Agneau?

Oh! non! redisons donc : L'éternelle pensée,

Le Dieu puissant et fort dont le nom est si beau,

Verbe, Fils éternel, en tout semblable au Père,

Infini, tout-puissant, éternel, trois fois saint,

De toute éternité s'unit à la matière,

De nous diviniser eut toujours le dessein!

Ainsi ceux qui sont forts à l'heure de la lutte,

Qui remportent le prix, s'unissent à l'Agneau;

Et les infortunés qui tombent.... quelle chûte!...

Doivent bénir encor ce nom si doux, si beau.

Ils s'uniront à Christ!... rongés par la Souffrance,

Le sombre Désespoir, l'éternelle Douleur;

Ils doivent s'écrier: Jésus, notre espérance!

Nous osons t'implorer!... pardonne à notre erreur!

Dieu pour vous éprouver, Créatures célestes,

Fit paraître à vos yeux l'Auguste Rédempteur,

Brillant et radieux!... Oh souvenirs funestes,

Qui jour et nuit, hélas, faites saigner mon cœur!

Il le nommait son Fils, son amour et sa gloire!

Il disait se complaire en ses perfections!

Et des Chœurs infinis refusèrent de croire...

D'adorer le Sauveur des générations!

Ainsi furent debout d'innombrables phalanges,

Des Cercles éclatants et des Chœurs glorieux,

Dociles à leurs chefs, infortunés Archanges,

Qui vont les entraîner loin des splendeurs des Cieux!

Tout-à-coup on les voit se presser en silence,

Sans qu'il se trouve en eux un seul front radieux!...

C'est que pour eux, l'Enfer, l'Enfer, l'Enfer commence!

Et que des pleurs déjà ruissellent de leurs yeux!...

Ils comprennent de Dieu l'éternelle justice!

Sondent, de leurs regards, ces abîmes sans fin

Qui s'entrouvrent pour eux!... et l'éternel supplice,

Vient torturer le cœur du brûlant Séraphin!

Rangés près du Très-Haut, Chœurs et Cercles fidèles,
Saisis d'un saint effroi les contemplent encor !...
Ils ont pleuré sur eux !... Les hymnes éternelles
Sont redites déjà... mais sur des harpes d'or:
Le Fils du Trois-fois-saint les a toutes données;
Ce Verbe qui, pour tous, de tous temps se fit chair;
Qui mourant sur la croix changea nos destinées!
Trop aimant Jésus-Christ, soyez-nous toujours cher!

. . . . . . . . . . . . . . . . . . . . . .
. . . . . . . . . . . . . . . . . . . . . .
. . . . . . . . . . . . . . . . . . . . . .
. . . . . . . . . . . . . . . . . . . . . .

Ecoutons un instant!... Oh la reconnaissance
Elève ses accents et dit le nom de Dieu,
Dans cette hymne sans fin qui toujours recommence,
Et que nous, ô mortels, chantons dans le saint lieu:

**Gloria in excelsis Deo !!!**

Pour la première fois le Très-Haut s'environne,
D'êtres puissants et beaux, fidèles à sa voix:
Ayant sur leurs fronts purs une triple couronne,
Plus éclatante encor que la première fois.

Dites l'hymne d'amour! Oh dites-la sans cesse!

Qu'elle éclate toujours en sons mélodieux!

Reprenez pour toujours et vos chants d'allégresse,

Et vos « Alleluia!!! », saints habitants des Cieux!

Vous partagez de Dieu l'éternelle puissance;

Il vient de confirmer votre éternel bonheur!!!

Il vous nomme ses fils!... quelle reconnaissance

Serait jamais assez pour votre bienfaiteur!